LE MYSTÈRE

DE L'ASSOMPTION

OU SONT REPRÉSENTÉS

PAR PERSONNAGES

le Trépassement, la Sépulture et l'Assomption

de la glorieuse Vierge Marie

PARIS

JULES LE CLERE ET Cie

Imprimeurs de N. S. P. le Pape et de l'Archevêché de Paris

RUE CASSETTE, 29

—

1877

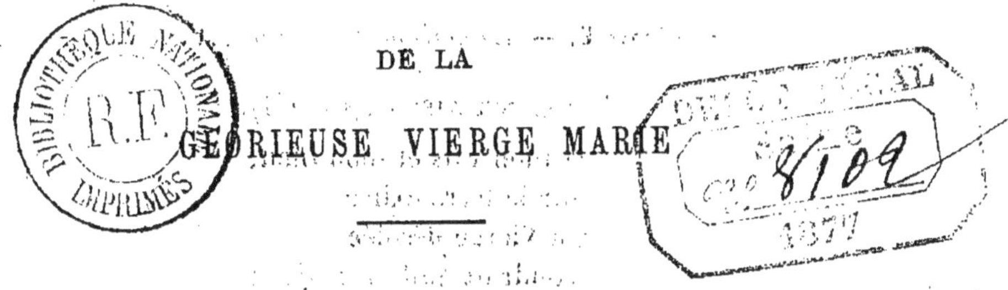

LE
TRÉPASSEMENT ET ASSOMPTION

DE LA

GLORIEUSE VIERGE MARIE

Ce mystère est la reproduction partielle d'un de ces drames chrétiens que l'on représentait en France au moyen âge. Les premières scènes ont été raccourcies et rédigées à nouveau sous une forme qui permet de les chanter sur des airs connus ; mais le fond et souvent les paroles sont tout entiers empruntés à l'ancien mystère, qui n'était d'ailleurs que la mise en action des légendes relatives à la mort et à l'assomption glorieuse de Marie.

Dans la seconde et la troisième parties, qui représentent les funérailles et les miracles dont elles furent accompagnées, nous conserverons davantage l'ancien texte, en [adoptant cependant une orthographe plus moderne et en changeant quelques expressions et quelques tournures de manière à faciliter l'intelligence du texte.

Personnages.

Jésus-Christ ; — la Sainte Vierge ; — l'archange Gabriel ; — les Apôtres ; — Dina et Thamar, vierges au service de Marie ; — Issachar, grand prêtre des Juifs ; — Ruben, Joseph, Jacob et Levi, juifs ; — Satan et Asmodeus, démons ; — plusieurs Anges ; — Plusieurs Juifs.

PREMIÈRE PARTIE

LE TRÉPASSEMENT DE MARIE.

Scène I. — *La maison de la sainte Vierge.*

LA SAINTE VIERGE, *seule* (1).

O mon Fils et mon Dieu ;
Sur la terre exilée
La Vierge désolée
Voudrait quitter ce lieu ;
O mon Fils et mon Dieu !

Tarderez-vous longtemps ?
Vers vous mon âme aspire,
Vers le ciel je soupire
Depuis deux fois douze ans.
Tarderez-vous longtemps ?

O vous que j'ai porté,
Que j'ai nourri sur terre,
Le sein de votre mère,
Vous a réconforté,
O vous que j'ai porté !

Au nom de vos douleurs,
Sur le mont du Calvaire,
Appelez votre mère
Aux célestes splendeurs,
Au nom de vos douleurs !...

(*Une vive lumière éclaire la scène, on entend une douce mélodie et l'ange Gabriel apparaît.*)

____

(1) Cette scène peut se chanter sur un air béarnais. — Voir le recueil publié par M. Gounod.

Scène II

LA SAINTE VIERGE, GABRIEL (1).

GABRIEL. —
  Salut à vous,
Vierge pleine de grâce,
  Salut à vous,
De la part de l'Époux !
  Consolez-vous,
Que votre deuil s'efface,
Et réjouissez-vous :
Jésus (*ter*) me mande à vos genoux.

MARIE. —
  C'est bien la voix
Du messager fidèle,
  C'est bien la voix
Qui me vint autrefois
  Porter du ciel
L'agréable nouvelle,
  Du salut d'Israël :
La voix (*ter*) de l'ange Gabriel.

GABRIEL. —
  Avant trois jours,
A lui Dieu vous appelle.
  Avant trois jours,
Dans les divins séjours
  Vous monterez
Désormais immortelle,
Et vous contemplerez
Le Fils (*ter*) que plus ne quitterez.

MARIE. —
  Beau messager,
Merci de la nouvelle ;
  Beau messager,
Et pour m'encourager,

(1) Air du Noël : «Quittez, pasteurs, vos brebis, vos houlettes.»

Obtenez-moi
Que la troupe fidèle
Des hérauts de la foi
Ici (*ter*) se range autour de moi.

GABRIEL. —   Ils y seront,
J'en donne l'assurance,
Ils y seront
Et vous assisteront ;
En un instant
L'éternelle puissance,
Ici les amenant,
Fera (*ter*) ce miracle étonnant.

MARIE. —   A mon désir,
O Trinité puissante,
A mon désir
Vous daignez consentir.
Jusqu'à la fin
Je suis votre servante ;
Mais je voudrais enfin
Mourir (*ter*) sans voir l'esprit malin.

GABRIEL. —   Le vieux serpent
Dévore en vain sa rage,
En redoutant
Votre pied triomphant.
La Trinité
Vous fait don de ce gage
De l'immortalité,
Soyez (*ter*) donc en sécurité.

*(L'ange donne à Marie une palme qu'il tenait à la main
et disparaît.)*

Scène III

MARIE, DINA, THAMAR (1).

MARIE. — Mes chères sœurs, venez entendre
  La voix du ciel ;
Mon fils Jésus vient de m'apprendre
  Par Gabriel
Qu'avant trois jours dans la patrie
  Je m'en irai,
Et que vers l'immortelle vie
  Je volerai.

DINA. — Hélas ! hélas ! chère maîtresse
  Que dites-vous ?
Hélas ! hélas ! quelle tristesse,
  S'abat sur nous ! —
Quoi ! vous allez quitter la terre,
  Quitter ces lieux ?
Sans vous ici qu'allons-nous faire ?
  Pleurez, mes yeux...

MARIE. — Il faut que j'aille dans la gloire,
  Ne pleurez pas ;
De vous je garderai mémoire,
  Et mon trépas
Ne vous prive pas de mon aide,
  Mes chères sœurs ;
Du ciel j'enverrai le remède
  A vos douleurs.

THAMAR. — Non, vos servantes désolées,
  Mère de Dieu,
Ne seront jamais consolées
  En ce bas lieu.

(1) Air du Noël : « Quoi ! ma voisine, es-tu fâchée ? »

Notre part serait trop cruelle
Si loin de vous ;
Plutôt dans la gloire éternelle
Emmenez-nous.

MARIE. —   La volonté de Dieu soit faite,
C'est notre loi.
Rendons soumission parfaite
A notre Roi.
Venez m'aider, que je me mette
Là sur ce lit.
A mourir il faut être prête,
L'ange l'a dit.

Scène IV. — *La rue devant la maison de Marie.*

S. JEAN *seul* (1).

Je suis vraiment étonné ;
Qui donc ici m'a mené ?
Dedans l'église d'Ephèse
Je faisais la catéchèse.
Je suis vraiment étonné !
Qui donc ici m'a mené ?

Je suis sur le mont Sion,
Sur le seuil de ma maison.
Ici je reçus ma Mère
En revenant du Calvaire.
C'est bien sûr l'Esprit de Dieu
Qui me conduit en ce lieu.

(Il entre dans la maison).

____

(1) Air du Noël : *Joseph est bien marié.*

Scène V. — *La maison de Marie.*

LA SAINTE VIERGE, SAINT JEAN (1).

> Ha ! Jean mon fils, votre venue
> Me réconforte grandement.
> De par Jésus je vous salue
> A votre saint avénement.

JEAN. —
> Mais je vous trouve ici couchée :
> Votre corps serait-il souffrant ?

MARIE. —
> J'arrive à mon dernier moment
> Sans être d'aucun mal touchée.
> Jésus m'a dit sur le Calvaire
> En parlant de vous, bien-aimé :
> Voici ton fils.

S. JEAN. —
>   Voici ta mère !
> Ajouta-t-il ; et, consumé
> Par ce sacrifice suprême,
> Il expira bientôt après...
> C'est lui qui m'amène ici près
> Pour consoler celle qu'il aime.

MARIE. —
> Après un long pèlerinage,
> J'arrive à la fin de mes jours.
> La terre est un lieu de passage,
> Nous n'y pouvons rester toujours.
> Le moment de partir est proche,
> Mes derniers termes seront courts,
> Car Jésus vient à mon secours,
> Et la béatitude approche.

(1) Air de la *Romance de Benjamin* dans l'opéra de *Joseph*, par
Méhul.

L'ange du ciel vient de m'apprendre
Que je mourrais avant trois jours,
Et que Jésus viendrait me prendre
Et m'unir à lui pour toujours.
Gardez ma dépouille mortelle.
Déposez-la dans le tombeau
Jusqu'au moment où de nouveau
La rejoindra l'âme immortelle.

JEAN. —.   Je viens ici, ma souveraine,
            Exécuter vos volontés.

MARIE. —   Je sais d'une source certaine
            Que les juifs se sont concertés
            Pour réduire mon corps en cendre. .
            Faites qu'il soit bien escorté,
            Qu'une nombreuse parenté
            Se range autour pour le défendre.
            Défendez-le, mais restez calme ;
            Leur dessein ne peut réussir,
            L'ange m'a porté cette palme
            Gage d'immortel avenir.
            Portez-la devant le cortége
            Quand vous irez vers le tombeau,
            Par elle un miracle nouveau
            Montrera que Dieu me protége.

JEAN. —   Ah ! plût au ciel que les Apôtres
            Fussent tous ici pour m'aider.

MARIE. —   Je joins mes prières aux vôtres
            Pour qu'ils arrivent sans tarder.

                    (*Eclair et bruit du tonnerre*).

La voix du ciel se fait entendre
Et répond *Amen* à nos vœux.
Allez, mon fils, au-devant d'eux,
Les recevoir sans plus attendre.

Scène VI. — (*La rue devant la maison*).

LES APOTRES, puis S. JEAN (1).

LES APOTRES. — Quel prodige surprenant
Nous amène en cet instant
Des quatre vents de la terre ?
Expliquez-nous ce mystère ?

S. JEAN (*allant à eux*)

Frères, c'est l'Esprit de Dieu
Qui vous amène en ce lieu.
Notre-Dame va mourir.
Il nous faut la secourir
Dans ce bienheureux passage.
Que vos fronts soient sans nuage,
Et dans ce béni trépas
Que les pleurs ne coulent pas.

(*Ils entrent et chantent*).

Ave Regina cœlorum,
Ave Domina angelorum,
Salve, radix, salve, porta
Ex qua mundo lux est orta.
Gaude, Virgo gloriosa,
Super omnes speciosa,
Vale, o valde decora,
Et pro nobis Christum exora.

(1) Air du Noël : « Joseph est bien marié. »

Scène VII. — *L'intérieur de la maison.*

MARIE, LES APOTRES.

MARIE. — Gloire à la Divinité
Qui bénit l'humilité,
Dont la main toute puissante
Conduit près de sa servante,
L'assister au dernier jour,
Une aussi fidèle cœur.
Maintenant je puis mourir ;
Jésus, vous pouvez venir.

Aux Apôtres.— Quelle voix surnaturelle
Vous a porté la nouvelle ?
Comment vîntes-vous ici ?
Faites-m'en tous le récit.

PIERRE. — C'est un prodige surprenant (1)
Et je ne puis savoir comment,
Étant en la Cité romaine
Où je prêchais diligemment,
Par une force souveraine
Je suis ici soudainement.

ANDRÉ. — En Afrique à l'instant j'étais,
Et de mon Sauveur annonçais
La passion et mort très-sainte.
Or je ne sais par quel chemin
Je me suis vu dans cette enceinte,
En un moment porté soudain.

JACQUES MAJ. —J'étais en disposition
De faire prédication

____

(1) Air du Noël : *Voisin, qui causait ce grand bruit ?*

Sur les confins de la Galice,
Et me préparais avec soin
Pour bien acquitter cet office :
En dire plus je ne sais point.

PHILIPPE. —   Moi je venais de rassembler
Et par mes dits faisais trembler
Les habitants de Samarie.
Ils commençaient de s'émouvoir...
Quand me voici près de Marie,
Et je ne sais par quel pouvoir.

MATHIAS. —   Parmi la grecque nation
Je faisais prédication,
En laquelle était grande presse ;
Je ne sais pas si j'ai songé,
Mais me voici loin de la Grèce ;
Dans la stupeur je suis plongé.

BARTHÉLEMY.—Pas plus que vous, cher Mathias,
Je ne sais entendre ce cas.
Dans la Calabré en train d'écrire
Près de vous je me trouve aussi,
Et par ma foi ne saurais dire
Qui si soudain m'a mis ici.

SIMON. —   Moi, j'annonçais le Roi des cieux
Et la vanité des faux dieux
Dans les bourgades de Syrie,
Parlant au nom du Fils de Dieu ;
Et me voici près de Marie,
En un instant changé de lieu.

JUDE. —   Comment s'est pu faire ceci,
Que tout d'un coup je sois ici?

> J'étais maintenant dans la Perse
> Edifiant les citoyens.
> Vrai, ce prodige me renverse,
> Je n'en connais pas les moyens.

THOMAS. —　J'annonçais le nom de Jésus
> Au roi des Indes Labdanus,
> Et je traçais l'architecture
> De son nouveau palais; pourtant,
> Contre les lois de la nature.
> Je suis ici : c'est surprenant !

JACQUES MIN. —　En mon oratoire j'étais,
> L'heure de sexte récitais,
> Quand une nue lumineuse
> En l'air tout à coup me ravit
> Et vers vous, Mère glorieuse,
> Subitement me conduisit.

MATTHIEU. —　Mon fait est bien plus merveilleux :
> Parmi les flots impétueux
> J'allais périr dans la tempête,
> Et je me vois hors de danger.
> Ce serait à perdre la tête,
> Si l'on voulait trop y songer.

PAUL. —　Selon le bon vouloir de Dieu,
> Je fus enlevé de mon lieu
> En prêchant aux gens de Corinthe;
> Et quoique je ne sois compté
> De droit dans la douzaine sainte,
> Au gré de Dieu j'y suis porté.

MARIE. —　Mon Seigneur, je vous remercie (1)
> De la faveur que m'accordez;
> Mon âme en est toute ravie,
> Mon cœur est prêt : venez, venez !

(1) Air du Noël : *Entrez, dévote compagnie.*

(*Aux Apôtres*). Or sus, il en est temps, mes frères,
Allumez lampes et flambeaux,
Et mettez-vous tous en prières
En attendant hôtes nouveaux.

(*Les Apôtres s'agenouillent et ouvrent leurs livres
d'heures en tenant chacun un cierge à la main. Une
musique céleste retentit, et une vive lumière fait pâlir
tous les flambeaux.*)

SCÈNE VIII

JÉSUS-CHRIST, GABRIEL ET PLUSIEURS ANGES, MARIE,
LES APOTRES. (1)

JÉSUS. — La paix soit avec vous, ma Mère !

MARIE. — Ha ! c'est mon Jésus que je voi.

JESUS. — La paix soit avec vous, ma Mère !

MARIE. — Oui c'est mon fils qui vient à moi.

JÉSUS. — Jouez par dévote manière,
Anges, mélodieusement,
Et d'une céleste lumière
Corusquez glorieusement.

GABRIEL. — De cœur, de fait et de pensée
Faisons un céleste concert :
D'ici que la nuit soit passée
Nous en ferons retentir l'air.

(*La vive lumière et l'harmonie céleste reprennent et
continuent pendant le reste de la scène.*)

MARIE. — Ha ! Jésus, mon espoir, ma vie,
Je crois déjà le ciel avoir,
Puisque j'en entends l'harmonie,
Puisqu'il m'est donné de vous voir.

(1) Même air qu'à la fin de la scène précédente.

(*Aux Apôtres.*) Contemplez un peu, je vous prie ;
    Fermez vos livres maintenant.
    Regardez cette compagnie,
    Comme tout est resplendissant !

PIERRE. —   Réjouissez-vous, ma maîtresse, (1)
    Jamais depuis que je suis né
    Ne vis de si grand liesse,
    Aucun lieu plus environné.

PAUL. —   Cette chambre est si reluisante
    Que je n'eus jamais tel plaisir
    Que j'éprouve à l'heure présente :
    Tout est suivant votre désir.

JEAN. —   Adonaï, notre bon maître,
    Soyez ici le bienvenu.

ANDRÉ. —   En paradis je croirais être...
    Vrai Dieu, que m'est-il advenu ?

JACQUES MAJ. — Mille fois bienheureuse est-Elle !
    On le peut bien apercevoir :
    Jésus pour la gloire éternelle
    Son âme ici vient recevoir.

MATTHIEU. —   Une personne est bienheureuse
    Qui peut telle musique ouïr.
    Mon âme en est toute joyeuse.

SIMON. —   Certes, c'est bien pour réjouir.

JUDE. —   A Marie en notre présence
    Quand Jésus s'est voulu montrer,
    C'est chose de grande excellence
    Et qui nous doit réconforter.

(1) Air du noël : *Je suis le maître de la grange.*

JACQUES MIN. — Nous pouvons voir le Roi de gloire.
Ce sont bien faits miraculeux
Et dignes de haute mémoire.

PHILIPPE. — Combien j'en ai le cœur joyeux !

THOMAS. — C'est une grâce spéciale
Pour en bien comprendre le cas,
Et j'en ai liesse totale.

BARTHÉLEMY. — Pour moi, j'en suis en grand soulas

MATHIAS. — Ces chants donnent réjouissance,
Oncques n'ouïs telle douceur :
Plus douce encore est la présence
En ce lieu de notre Sauveur.

JÉSUS. — Ma sœur, vous êtes toute belle (1),
Aucune tache n'est en vous ;
Même la tache originelle
Vous respecta seule entre tous.
La froidure s'en est allée
Pour faire place à douce fleur ;
Et dans fructueuse vallée
La vigne répand son odeur. —
Dans les bois, de la tourterelle
On entend retentir le chant :
Viens avec moi, ma toute belle,
Viens, hâte-toi, viens du Liban.

MARIE. — Ah ! bienheureuse la journée,
Mon fils, où je vous ai porté ;
Ma course enfin est terminée,
Voici mon cœur tout apprêté.
Prenez mon esprit, je vous prie,
Pour l'emporter au firmament.

(Une colombe vole du lit dans les bras de Jésus.)

(1) Reprise de l'air précédent.

Jésus. —	Je le tiens en mes bras, Marie Anges, chantez joyeusement.
Les Anges. —	Regina cœli lætare, alleluia, Quia quem meruisti portare, alleluia Resurrexit sicut dixit, alleluia,
Les Apotres. —	Ora pro nobis Deum, alleluia.

FIN DE LA PREMIÈRE PARTIE

SECONDE PARTIE

LA SÉPULTURE

Scène I. — *La maison de Marie.*

LES APOTRES. (1)

Pierre. —	Il nous faut mettre en sépulture, Comme Jésus l'a commandé, Le corps de la Vierge très-pure.
Jean. —	Entre nous tous soit regardé Comment il y faut procéder.
André. —	Ce qu'il vous plaira commander Sera fait, et de bon vouloir.
Philippe. —	En la sainte gloire est son âme, Plus grand plaisir peut-on avoir Que servir cette digne dame ?
Thomas. —	J'ai très-grande dévotion A la Vierge prudente et sage.
Jacques maj. —	J'ai pour la servir bon courage.
Barthélemy. —	A lui rendre honneur je suis prêt De cœur, de corps et de pensée.

(1) Dans cette seconde partie, il n'y a que le Ps. *In exitu* à chanter. Le reste doit être récité.

SIMON. —   Jamais ma personne lassée
           Pour Elle servir ne serait.

JUDE. —   Je m'y porterai vaillant homme,
           Tant l'aime de bon cœur, si comme
           On le pourra connaître assez.

MATHIEU. —   Aussi ferai-je moi, pensez,
           Beaucoup plus qu'on ne saurait dire.

MATHIAS. —   Autre chose je ne désire
           Que de remplir ce ministère.

JACQUES MIN.—En ce point que je le dois faire
           Je m'y porterai bien et beau.

PAUL. —   Je ne resterai pas derrière
           Pour la porter dans le tombeau.

JEAN —   Premièrement il faut que Pierre
           Apporte cette palme-ci
           Devant la bière ; il plaît ainsi
           A l'excellente Trinité.

PIERRE. —   Ah ! Jean mon frère, en vérité,
           Point ne convient que je la porte ;
           En cela, votre autorité
           Est bien plus parfaite et plus forte
           Que la mienne, et je m'en déporte.

JEAN. —   Vous êtes notre grand Pasteur
           Commis de par Notre-Seigneur
           En prééminence et honneur.

PIERRE. —   Toute la céleste Cité
           De vous a claire connaissance ;
           La virginale dignité
           Est au-dessus de ma puissance.

JEAN. —   Vous êtes Vicaire de Dieu
           Sur la terre, et tenez son lieu

Pour tout délier et lier ;
Pierre, pouvez-vous le nier ?

PIERRE. —   Jésus en l'arbre de la croix
Vous ordonna fils de Marie ;
Votre mère fut, cette fois
Et depuis, tant que fut en vie.

JEAN. —   Vous êtes Pierre et fondement
De notre Eglise sur la terre.
A vous appartient sûrement
De porter la palme devant
Le corps glorieux de ma Mère.

PIERRE. —   Sur le giron de Jésus-Christ
Vous reclinâtes à la Cène,
Et Jésus en secret vous fit
Révélation de sa peine
Avec familiarité ;
Donc ce rameau, sans contredit,
Par vous seul doit être porté.

JEAN. —   Du pastorat l'autorité
Précède toute dignité
Et tout pouvoir humain excède ;
Ne croyez point que je concède.

PIERRE. —   Mais, Jean, considérez un peu
Que vous êtes propre neveu
De Marie et cousin germain
De Jésus-Christ ; soyez certain
Que devez tenir en la main
Cette palme devant le corps.

PAUL. —   Hé, mes frères, point de discords ;
C'est un excès d'humilité.

PIERRE. —   Paul, jugez avec équité :

Qui doit porter devant la bière
Cette palme ?

PAUL. —   En vérité, Pierre,
S'il vous plaît vous en excuser,
Jean ne le doit pas refuser.
Il est de tout point convenable
Que, rameau d'immortalité,
Devant la Vierge vénérable
Il soit par un vierge porté.

ANDRÉ. —   Jean, ne faites plus résistance
Et ne vous en excusez mais.

JEAN. —   Mes frères, mes amis parfaits,
Je le prends par obéissance,
Puisque ainsi l'avez ordonné ;
Par Dieu qu'il me soit pardonné :
Je n'y mets point d'outrecuidance,

(Jean prend la palme, les Apôtres vont au brancard.)

PIERRE. —   Chacun y doit faire assistance.
Paul, mon frère, vous et André
Prenez la tête ; je prendrai
Les pieds avec nos autres frères.

PAUL. —   Vous êtes le Père des pères,
Vous devez être le premier.
Approchez-vous sans barguigner,
Comme étant souverain Pasteur.

PIERRE. —   Paul, vous êtes le grand Docteur
En la doctrine de la foi.

PAUL. —   Pierre, il n'appartient pas à moi
Qu'avant le Pasteur je me mette.

PIERRE. —   Or sus donc, que Dieu nous permette
De remplir un si grand devoir,
Paul et moi nous allons pourvoir

A nous mettre en tête. Quel chant
Faudra-t-il chanter en allant ?

JEAN. —   C'est à vous de porter l'antienne,
A votre gré, bien entendu.

PIERRE. —   Chantons le psaume *In exitu.*

(*Ils se mettent en marche et s'éloignent en chantant.*)

Scène II

(*Sur le chemin de la vallée de Josaphat.*)

ISSACHAR, JACOB, RUBEN, JOSEPH, LÉVY, JUIFS.

RUBEN. —   Au meurtre !...

JOSEPH. —   Qu'as-tu, sot têtu ?

RUBEN. —   Écoutez donc ce grand murmure.

JACOB. —   Hélas ! hélas ! tout est perdu...
Au meurtre !...

LÉVY. —   Qu'as-tu, sot têtu ?

RUBEN. —   Mais que nous est-il advenu ?

JOSEPH. —   On nous veut faire quelque injure
Au meurtre !...

JACOB. —   Qu'as-tu, sot têtu ?

JOSEPH. —   Ecoutez donc ce grand murmure.

ISSACHAR. —   Hé ! mes amis, quelle aventure
Avez-vous de braire en ce point ?

RUBEN. —   Quoi ! sire, n'entendez-vous point
Ici près cette chanterie ?

(*On entend des voix éloignées qui chantent :*)

Facta est Judæa sanctificatio ejus,
Israel potestas ejus.

ISSACHAR. — Ce me semble une psalmodie...
Mes amis, soyez diligents
De savoir ce que ce peut être.
En danger ne laissons pas mettre
Notre loi par méchantes gens.

(Les voix se rapprochent.)

Mare vidit et fugit :
Jordanis conversus est retrorsum

JOSEPH. — Je les entends bien sans douter,
Mais ne vois personne chanter.

LÉVY. — Je sais bien en quel quartier c'est.

RUBEN. — Dis-le donc, puisque tu le sais ;
Tu es bien d'une étrange sorte.

JACOB. — Ce n'est guère loin de la porte
De la mère de ce Jésus,
Dont les disciples soient confus !...
J'attends quelque grande nouvelle.

RUBEN. — Nous allons bientôt savoir quelle.
Mes enfants, écoutez un grain...

(Les voix se rapprochent toujours.)

Montes exsultaverunt ut arietes
Et colles sicut agni ovium.

RUBEN. — Ce chant est terrible et hautain.

LÉVY. — C'est aux obsèques de la Mère
De Jésus, où font grand mystère
Les disciples, les séducteurs.

JOSEPH. — Ils font merveilleuses clameurs !

LES VOIX : Quid est tibi mare quod fugisti :
Et tu Jordanis quia conversus es retror-
[sum ?

IssACHAR. — Cette femme a Jésus porté,
Qui toute contrariété
A mis dans la loi de Moïse.
Je suis d'avis qu'elle soit mise
En cendre. Emparons-nous du corps ;
Ne sommes-nous pas assez forts
Pour en sortir avec honneur ?

RUBEN. — Suivons tous notre gouverneur !

LES APOTRES : A facie Domini mota est terra,
A facie Dei Jacob.

(Les apôtres paraissent avec le cercueil. Les juifs se précipitent sur le cortège.)

Scène III

LES MÊMES, LES APOTRES.

IssACHAR. — Demeurez, méchants paysans ;
N'allez pas plus loin à cette heure.

RUBEN. — Sans plus faire entendre vos chants,
Demeurez, méchants paysans.

JOSEPH. — Cœurs faillis, lâches, mécréants,
Arrêtez ici sans demeure.

JACOB. — Demeurez, méchants paysans,
N'allez pas plus loin à cette heure.

LÉVY. — Courons-leur sus de toutes parts,
Eparpillons ces papelards,
Frappons-les dessus et dessous.

PIERRE. — Seigneurs, à qui en voulez-vous ?
Vous faites attaque terrible, —
Mais rien à Dieu n'est impossible ;
Insolents, prenez garde à vous.

JACOB. — Frappez, frappez !

JOSEPH. —   Tuez-les tous!
Il ne faut épargner personne.

ISSACHAR (*portant les mains à la bière*).

      J'aiderai la vieille matrone
      Qui porta le corps du prophète
      Auquel vous faites si grand fête.

(*Les mains du grand-prêtre restent attachées à la bière;
les autres Juifs sont frappés d'aveuglement.*)

      Hélas! j'ai les deux mains perclues!.....

RUBEN. —   Je ne vois goutte quant à moi!...

ISSACHAR. —   Hélas! je suis saisi d'effroi,
      Mes mains ici restent pendues.

JOSEPH. —   Qui nous mènera par les rues,
      Quand aveuglés ainsi nous sommes?

JACOB. —   Nous sommes les plus méchants hommes
      Qui vivent sous le firmament.

RUBEN. —   Ils ont joué d'enchantement
      Pour nous donner cette méchance.

(*Le cortége se remet en marche.*)

ISSACHAR. —   Mes seigneurs, ayez souvenance
      De moi, veuillez pour moi prier
      Afin que Dieu me veuille aider
      En si grande nécessité.
      Je connais mon iniquité
      D'avoir offensé cette dame.

PIERRE (*s'arrétant.*) Mon fils, prends pitié de ton âme
      Tu n'auras guérison, je pense,
      Que par une ferme créance.

ISSACHAR. —   Je serai serviteur de Dieu,
      Car je connais bien en ce lieu

La grandeur de la loi de grâce,
Je suis resté trop long espace
En ignorance et cécité.
Je vois par ma perplexité
Que je dois embrasser la foi.
Pourtant, veuillez prier pour moi.

JEAN. —   La santé te sera rendue,
Mais qu'en toi la foi continue,
Il n'y faut point de fiction.

PAUL. —   Nous avons occupation
Pour les obsèques aujourd'hui ;
Nous ne pouvons entendre à lui ;
Remplissons notre ministère.

ISSACHAR. —   Pierre, pour Dieu, faites prière
A la souveraine bonté
Que je puisse avoir la santé ;
Humblement je vous en supplie.

PIERRE. —   Si tu veux croire que Marie
Neuf mois a Jésus-Christ porté
Sans perdre sa virginité,
Je te promets allégement.

ISSACHAR. —   Pierre, je le crois fermement.

PIERRE. —   Il faut croire, ou ce n'est rien cru,
Que Jésus Dieu et homme fut.

ISSACHAR. —   Pierre, je le crois fermement.

PIERRE. —   Et puis croire finalement
Tout ce qui tient à notre foi :
Ne feins point. ...

ISSACHAR. —   Pierre, quant à moi,
Je suis en parfaite créance,
Point n'y veux mettre de doutance.

PIERRE. —   Tire donc tes mains en arrière,
             Et par amour baise la bière.

ISSACHAR.   (*Retirant ses mains.*)
             J'ai santé parfaite et entière
             Dont humblement je remercie
             La très-digne Vierge Marie.
             Pour sûr son serviteur serai
             Tout autant qu'au monde vivrai.

PIERRE. —   Demain je te baptiserai.
             Tu es converti pleinement.

ISSACHAR. — Dieu veuille que ces pauvres gens.
             Aveuglés, viennent diligents
             Embrasser la foi.

PIERRE. —   Que tous ceux
             Qui de guérir sont désireux.
             Embrassent la foi catholique.

JEAN. —   Va, frère, sur leurs yeux applique
             Cette palme au nom de Jésus
             Et Marie, afin qu'au surplus
             Ils puissent retrouver la vue.
                   (*Il lui donne la palme*).

ISSACHAR. — Vérité longtemps méconnue,
             Comment n'aimer un Dieu si bon !

PIERRE. —   Va, frère, fais-leur un sermon.
                 (*Les Apôtres s'éloignent en chantant*).
             Qui convertit petram in stagna aquarum
             Et rupem in fontes aquarum.

Scène IV

ISSACHAR, LES JUIFS

RUBEN. —   Hélas ! les pauvres affolés,
             Que deviendront-ils à cette heure ?

JOSEPH. —   Il y en a bien d'aveuglés !...

JACOB. —   Hélas ! les pauvres affolés !

LEVY. --   Ils seront moqués et sifflés,
              Ha ! rien que d'y penser, je pleure.

JOSEPH. —   Hélas ! les pauvres affolés,
              Que deviendront-ils à cette heure?

ISSACHAR. —   Je viens ici vous consoler.

LEVY.—   J'entends je ne sais qui parler.

ISSACHAR. —   Ecoutez ce que je vais dire.

RUBEN. —   Nous le ferons volontiers, sire.
              Nous voulez-vous donner l'aumône?

ISSACHAR. —   Oui, si vous voulez, et très-bonne.
              Ne connaissez-vous pas ma voix?
              Je suis Issachar le grand prêtre.
              A l'instant ici je viens d'être
              Puni de ma témérité.
              Mais en croyant la vérité,
              En priant la vierge Marie,
              Que j'aimerai toute ma vie,
              Je fus guéri complétement.
              Notre téméraire entreprise
              Vous a frappés d'aveuglement,
              Vous guérirez semblablement,
              En croyant à la sainte Eglise,
              Si la palme sur vous est mise.

RUBEN. —   Vous nous contez chose terrible.

ISSACHAR. —   A notre Dieu tout est possible
              Vous guérirez si vous voulez.

JOSEPH. —   Guérissez-nous si vous pouvez.
              Mais jamais au Christ ne croirai.

JACOB. —   Pour moi volontiers le ferai,

             Si par lui, si par sa puissance,
             De la lumière et de mes yeux
             Je puis avoir la recouvrance.

LEVY. —   Jamais personne ne crut mieux
             Que je ferai, si je puis voir.
             Guérissez-moi, je vous supplie.

ISSACHAR. — Frères il vous convient savoir
             Que la sainte Vierge Marie
             Neuf mois Jésus-Christ a porté
             Sans perdre sa virginité.

JACOB. —   Père, je le crois fermement.

ISSACHAR. — C'est un très-bon commencement ;
             Puis il faut croire, ou rien n'est cru,
             Que Jésus Dieu et homme fut.

LEVY. —   Père, je le crois fermement.

ISSACHAR. — Recevez donc allégement.
             Je mets la palme sur vos yeux.

JACOB. —   Oh ! Dieu soit loué, je vois mieux
             Que ne vis jamais en ma vie.

LEVY. —   Béni soit le nom de Marie,
             Je ne fus jamais si heureux.

ISSACHAR. — Vous ai-je pas bien conseillés ?
                    (Aux autres Juifs).

             Pauvres gens, vous êtes liés
             Par une terrible arrogance.
             Ayez un peu de repentance
             Et je vous rendrai la lumière.

RUBEN. —   Issachar, détestable père,
             Comment avez-vous le courage,
             Vous que l'on croyait être sage,

> D'embrasser la nouvelle foi ?
> Pour moi je tiens à notre loi,
> Et me ris de votre promesse.

JOSEPH. —　J'aimerais mieux, je le confesse,
> Sans y voir demeurer mille ans
> Que me joindre à ces mécréants.
> Croire que Marie ait porté
> Sans perdre la virginité
> Son fils Jésus, c'est être un sot.

ISSACHAR. —　Je m'en vais donc aller bientôt
> Reporter cette palme-ci,
> Puisque vous ne voulez merci
> Prier à Dieu ni à sa mère.

RUBEN. —　Va traître, plein de vitupère,
> Tu peux t'en aller bien et beau,
> Nous deux mourrons en cette peau.

(Issachar et les deux convertis s'en vont.)

Scène V.

RUBEN, JOSEPH, PUIS LES DIABLES.

RUBEN. —　Ahi ! ma tête !

JOSEPH. —　　　　　　Ahi ! mes yeux.
> Je ne sais plus où me bouter.

RUBEN. —　C'en est fait, et je suis au mieux.

JOSEPH. —　Ahi ! ma tête !

RUBEN. —　　　　　　Ahi ! mes yeux.

JOSEPH. —　Je ne vois ni terre, ni cieux.

RUBEN. —　C'est bien pour se réconforter
> Ahi ! ma tête !

JOSEPH. —   Ahi ! mes yeux !
Je ne sais plus où me bouter.

RUBEN. —   Je ne puis sur mes pieds rester,
Et ne sais quel diable il me faut.

JOSEPH. —   Je ne sais si suis froid ou chaud,
Ou si je suis sage ni sot.
Diables, diables, faites un saut,
Accourez pour me secourir,
Si vous me voulez voir mourir.
Que faire ? .. Voici mon couteau !
Une grande dague en ferai
Pour tailler mon dernier morceau,
Et dans le cœur m'en donnerai.
(Il se frappe.)

SATHAN. —   Ahac, ahac !

ASMODEUS. —   Ahac, ahac !
Voici très-bon commencement.
Prends l'âme de ce garnement,
Pour la mettre en notre fournaise.

RUBEN. —   Diables, venez à mon trépas,
Car je connais bien qu'à malaise
Il me faudra passer le pas.
Mais pourtant je ne croirai pas
Que notre adversaire Marie,
Demeurant vierge en tous états,
Ait enfanté le fruit de vie.
Quelque mal que j'ai en mes yeux,
Je dirai non. J'aimerais mieux
Mourir ici de mille morts.
Diables, voyez comme j'écume ;
Pour moi la fournaise s'allume,
Je vous donne l'âme et le corps.

(Il expire en se tordant de désespoir.)

SATHAN. —   Il n'aura plus ni toux ni rhume,
             Il en est à jamais dehors.

(Les diables s'en vont en emportant les deux Juifs.)

FIN DE LA SECONDE PARTIE.

TROISIÈME PARTIE

L'ASSOMPTION

Scène unique. — *Le tombeau de la Vierge.*

JÉSUS, LES APÔTRES, S. MICHEL, LES ANGES (1).

JÉSUS. —   Quittant la droite de mon Père,
             La paix je viens vous apporter ;
             Au sujet du corps de ma Mère
             Ici je viens vous consulter.
             Faut-il laisser dedans la terre
             Un aussi vénérable corps,
             Ou le placer dans mes trésors
             Au paradis près de mon Père ?

PIERRE. —   Chacun de nous pourra vous dire
             Son sentiment sur cet objet.
             Pour moi, je crois qu'en votre empire
             Elle doit monter sans arrêt.
             Qui près de vous est demeurée
             Sans faiblesse au pied de la croix,
             De vous en gloire, je le crois,
             Ne doit pas être séparée.

PAUL. —   Sa virginité précieuse
             Fut angélique tout à fait,
             Et sa dépouille glorieuse
             Doit en recueillir bon effet.

(1) Air de la romance de Benjamin.

En ce corruptible domaine
Rien de son corps ne doit rester.
Mais dans le ciel il doit monter,
Car elle fut de grâce pleine.

JEAN. —   Pour la dignité singulière
De divine maternité,
Son corps doit vivre en la lumière
De céleste jocondité.
Point n'est besoin qu'on vous éclaire;
Votre corps est formé du sien,
Et tout l'honneur lui ferez bien
Qu'un bon fils peut rendre à sa mère.
(*A genoux tous ensemble*).
Pour ces raisons, notre bon Maître,
Nous vous requérons à genoux
Qu'en ce jour il vous plaise mettre
Son corps en gloire auprès de vous.
Elle est digne d'y être assise,
La Vierge de parfait vouloir;
Par votre saint et haut pouvoir
Nous vous prions qu'elle y soit mise.

JÉSUS. —   Autre chose je ne demande (1)
Que la vouloir révérender.
Viens çà, Michel; je te commande,
Rends-lui son âme sans tarder.

MICHEL. —   Sur l'heure je vais la lui rendre,
Glorieux prince souverain.
Elle vivra sans plus attendre,
Tout pouvoir est sous votre main.
Sus, levez-vous, Vierge Marie,
Et venez hors du monument!
Venez revoir pleine de vie
Votre Jésus qui vous attend.

(1) Air du Noël : *Je suis le maître de la grange*

MARIE. —   O mon Dieu, mon fils et mon père,
             Je vous dois bien remercier,
             Qui dans la céleste lumière
             Mon corps voulez glorifier.

JÉSUS. —   Aux cieux vous serez élevée,
             Un trône en gloire vous attend ;
             Auprès de moi serez posée
             En corps et âme dignement.

(*Un nuage lumineux entoure la Vierge qui disparaît
ainsi que Jésus et les anges*).

PIERRE. —   Frères, le corps de notre Dame
             N'est plus dedans le monument.

JEAN. —   Au paradis en corps et âme
             Elle est montée en cet instant.

PAUL. —   Son fils Jésus l'a emmenée,
             Bien nous nous en devons réjouir ;
             Bienheureuse cette journée,
             Le chant des anges on peut ouïr...

FIN DU MYSTÈRE.

Paris. — JULES LE CLERE ET Cᵉ, imprimeurs de N. S. P. le Pape
et de l'Archevêché, rue Cassette, 29.

PARIS. — IMP. JULES LE CLÈRE ET Cⁱᵉ, RUE CASSETTE, 29.